たそがれの微吟《ビギン》

Miyasaka Hiroko

宮坂博子詩集

澪標

詩集

たそがれの微吟《ビギン》

宮坂博子

目次

装丁　森本良成

たそがれの微吟《ビギン》

たそがれの微吟《ビギン》

夜の帳りがおりるまでのほんのみじかいひととき　あたりはぼやっとはっきりしない　不透明な空間がうまれる　空には太陽の残照がのこり複雑に色を変化させる　遊びに夢中だった子供たちも家の人の呼ぶ声に一人去り二人去り数人が残る　ミーのおばさん（飼い猫の名前）がまだ母ちゃん帰ってこないのかめんこ（うどんのこと）喰うか　子供たちは椀をもって縁側に並らぶ　ときによってはソ

ーメンだったり煮ぼうとだったりした　ごっそうは家で食べろ　今は腹の虫をおさえるだけだぞ　帰ってきた親は　いやだよ又よばれているんかい　このころは黄昏どきが好きだった　やがて家族団欒の一時がくる　お腹いっぱい食べた子供は静かに眠る　まだ人生の機微を知らない子供らは明るい明日がくることがあたりまえのように……ペリドット*に参加するようになってまわりの季節の移ろいがことさらに気になるようになった　秋の早すぎる日の暮れが気になる　長い夜がはてしもなく続くのが嫌い　正月の声を聞くと日がすこしづつ長くなりやっと闇から抜け出せた思いがして身も心も軽くなる　私は四十歳代五

十歳代　それから今日までの永い間　何を考えて暮らしてきたのか　なんの記憶も残っていない　毎日毎日たそがれは訪れていたのに記憶の外へ追いだされてしまっていた　なぜ残っていないのか　いま自分の黄昏期を迎えて　いやどちらかというと終盤にちかい時をすごしながら　焦っている

＊岸和田市立女性センターの詩を書くグループ

往《おお》還《かん》

西島四丁目T字路のつきあたり　大里蚕種の正門がある広大な敷地　なかにはコンクリートでつくられた流しが沢山ならんでいる　工場はほとんど空いている　子供たちは正門のくぐり戸から中に入り　ワァーワァーと遊ぶ正門脇の事務所には事務員が二人ほど　いくら騒いでも何も言って来ない　遊びつかれた子供らはだまってくぐり戸を出て往還に集まる　周りは床屋、写真屋、酒屋、老夫婦が営んでいる紋屋、自動車屋などが並ぶ街　子供らが往還と呼んで溜り場になっている道は中仙道を越えてまっすぐ北へ北へと続く　やがて利根川にぶつかる　対岸は群馬県　赤城おろしが吹きぬけ電線がヒューヒューと軋みながら鳴く町　沢山の子等は兄弟も居ればイトコ同志もいた　わけもなく寄ってきて遊ぶ西の空の夕焼けが美しかった　この町の中仙道をこえて北へ向かう道は何本もあったがつき当りは小学校の校庭だったり役場だったりしたが　この蚕種会社前の道だけはまっすぐ利根川まで　続いていた　蚕のことはよく知らないが一年に何回かは人の出入りがあったことを覚えている　この道は中仙道まで百

五〇メートルほど　中仙道の両側は大小の商店が集まっている繁華街　町の西の外れに呑龍さんと呼ばれる寺があり　毎月縁日に夜店が開かれる　街にはその他沢山の寺院がありそれぞれ縁日が催され暮には中仙道全体がゴミの市と呼ぶ安売りの日があり　近隣の村の人々が正月用品を買い求めにくる一大イベントもあって　私など二回も三回も店に出かけていき退屈しなかった　母など露店商に騙され尺の短い単物を買わされたりした

この往還道は私の遊んだ思い出の道でいろいろの記憶の原点になる

長屋ぐらし――この時代に生まれて

母が借りた小さな六軒長屋の四軒目　台所は土のまま　そこへ父の実家の製品の蒸しカマド（半分は壊れている）を置いて　見よう見まねで御飯を炊いていた　大きな火は土間へ出し小さな火は火消し壺に移す　家の前は共同井戸　日曜日や天気の良い日にはコンクリートの流しにタライが並ぶ　洗濯板でゴシゴシ　すすぎが始まるとそれぞれの家から子供やお父さんが出てきてポンプを搗く　お母

さんはタライの前　ゴッコゴッコと一所懸命
に水を送る水は晒の袋へ　やがて綺麗になっ
た洗濯物を持って「お先にね」と帰っていく
子供心に家族が多いと良いなと思った　楽し
かったのは餅つき　毎年十二月二十八日と決
まっていた　二十九日は苦をつくといってつ
かない　長屋の人達の分をつくので一日中か
かる　長屋の長老二人がつきあがった餅をめ
ん板に二センチぐらいの厚さに延ばしていく
関東の雑煮は切り餅　今度の餅はうちの餅だ
から半分は辛味餅にして食べてもらうよと声
がかかる　皆で大根オロシを沢山作ってそれ
に餅をチギリ落して絡めて食べる　井戸端は
近所の人たちの社交場　スイカやトマトを冷

やしたり　ソーメンを晒したり　たえず誰れかが入れ変わり立ちかわり使っていた　野菜を売りに来た小父さんが「一杯いただいていくか」と汗を拭き拭き小休止　裏の自動車屋の孫は一日中晒の袋に吸い付いてお腹を壊さないかと心配したり　この井戸の水は長屋の人たちを潤してくれた　私が大阪へ来てからもその後も水道の設備はなかった　長屋の人たちはみんな親切だった　この小母さん達から生活の智恵を教えてもらった　秋は早く来るよ　障子の穴の一つも張っておかなければね　スイカ食ったままでは居られないよ　中学二年生の頃だったか台所に革命が起きた　石油コンロなるものが現われた　近所の薪炭

屋へ一升瓶を持って灯油を買いに行き　トコトコと入れてマッチで火を点けたら御飯も味噌汁も出来る　このコンロには助けてもらった　どんなときでもこの家から熊谷女子高校へ通った　毎朝深谷の駅まで小運動会　ハアハアゼイゼイ言いながら列車にとび乗る　もう一分か二分早く家を出たらよいのにと思い又帰りは帰りで友達と学食へ寄ってうどんをすすり　後五分とか言いながら列車にとび乗りみんなでケラケラ笑いながら帰ってくる
高校時代はとにかく楽しかった　村部から駅前に自転車を預け通学していた人もいて　今日は天気が悪いから泊めてと言う友達もいたり　とにかく家にはいつも友が居た　類は類

を呼ぶと人は言うけれど　ひとやかな美目麗
しい人は誰れもいず　みんな似たりよったり

その友たちが昨年私のつまらない作品を綴っ
た詩集とエッセイ集を出したことによって三
人で奈良を見物したいと関西まで来てくれた
関西に住んでいる二人も加わって何十年ぶり
かで会うことができた　でも昔の友のままで
あまりメイクもせず相変らずケラケラ笑って
楽しいひとときを過ごすことができた
米と水と燃える物があれば　どんなときでも
御飯を炊くことができる　そんな時代に育っ
たのだ

チンが亡くなった

「ハクション」と窓の外で声がする。「チンいま行く」。私は裏口から飛び出し、彼女の自転車の後ろに飛び乗って豊年座まで行く。

チンとは久保田文子さん、ハクションとは私、博子（白紙つまりハクション）これが中学三年生のときの仇名。学校ではずうっとこの名で通っていた。

中学三年でクラス変えになり、久保田さんのことをみんなチンとよんでいた。

チンは茅場町の大きな農家の末っ子、そして時代劇が大好きな子供。豊年座を通り過ぎて、私の家まで迎えに来てくれた。彼女も私も時代劇が大好きな中学三年生。あのころの映画はほとんど観ていた。中学三年生というとそろそろ高校受験の勉強もしなければならず、二人でつるんで出かけたのは十二月頃まででで、それぞれの道を真面目に進んだ。

そして二人は別々の高校に入り、その後はクラス会などで会うだけ。

私は大阪へ。学年全体のクラス会で会った時、受付で「ハクションしばらくだね、元気だった」とハグしてくれた。私の泊まるホテルまで送ってくれて、クラスの仲間の噂話などいろいろ……。

クラス一番の不良で通っていた人が、しばらくぶりに顔を出してくれ挨拶をしてくれた。

チンの努力で、同級生だった奥さんと知り会い結婚までこぎつけたそうだ。だから今日出席したとのこと。彼女はいろいろと町のことなどに幅広く活躍していた。

今年の便りでチンが亡くなったことを知った。チンは夫さんが五年前に亡くなり一人暮らしだった。隣の奥さんがいつまでも電気もテレビも点いていたので、中をのぞいて倒れているのを発見したという。三年七組の仲間に連絡がとれたのは、亡くなってから一ヶ月以上経ってからだった。それからクラス仲間十数人が仏前に参ってくれた。

「私先に行ってるよ、皆が来たとき居心地がいいようにして置くからね、じゃあね」といっているだろう。とにかくよく気がきく世話好きな人だった。

夜店

日暮まじかの前の道を
近所の三~四人の子ども
きゃっきゃとうれしそうな声で走っていく
今日は何かあるの
夜店の日よ　五月十四日
今年初めての夜店の日
雨も降らず夜店日和りだ

もう四十年も前になるだろうか

磯《いそ》の上《かみ》から近所の子らを連れて
紀州街道を歩いて夜店へ行った
その時の子供らの声といっしょ
これから遭遇する夜店に
意気ようようとはしゃぐ声だ
今も昔も変らぬ子らの心の声を聞いた
子どもが成長してこの地に来たがもう役にたたない
老いるってことは
楽しいこともだんだん遠くなること

たそがれの期

誰が名をつけたのだろう
うまいネーミング
私もまったただなかに居る
残ったこの時を
もう少しだけ頑張ろうと
みんな右往左往して
証しを残している
いつ帳がおりるかもしれない
皆しらぬふりをして生活している

最後までしっかりしていたよ　と
言われるように
そんなことを考えながら生きている

寂しいね

七十五歳になった
頼みもしないのに
後期高齢者のレッテルを貼られた
戦争が終って
平和な世の中に暮らして
七十年　ずうっと
右肩上がりの生活をしてきた
人口も一億人をこえて
街には元気な若者たちがあふれ

大人たちも何の心配もなく暮らしていた
少しずつ出始めてきた人口の問題
働く人がいないから深夜営業ができない
女性はもっと社会の中の働き手にと
あの手この手で誘ってくる

ある新聞で日本は二流国になったと……
残り少なくなった私の人生
こんな話ばかりで寂しい

除夜の鐘

除夜の鐘が鳴りやまないうちに
社の森はざわざわと賑い始める
人々の足音
だんぢり小屋では景気づけに
祭り太鼓をたたく
四町の小屋があるので賑かである
今年も幸多いい年であるようにと
人々は拝む……みんな願いをかなえて
なのにいろいろな不幸がおきてしまう

みな一所懸命に祈ったのに
八百万の神が重さに耐えかねて
手を滑らせてしまうのか
そんな時不幸がおきてしまう
そう考えるとき
心の中で納得できたような

新春

朝六時まだ暗い
夜も明けないのにカン高い鳥の声
ご馳走が無くても掃除がゆきとどかなくても
正月は勝手にやって来る
昨日の続きだから
今日も夫は口喧しい
片づけかたが悪いとか何やかやと
だまってチラッと見るだけ
もう永年のことだから慣れている

雨が降っても槍が降っても
いまさら人生をやり直すことはできない
しかたがないからこの人と
共同生活を送っていこう
新春にあたりこのことがわかった

ちかごろはモラルハラスメントとか
パワーハラスメントが市民権を得てきた
私も考えてみようか

生活不活病

あさいちテレビを何となく見ていた
あ　私のことをやっている

体が動かない
いま思っていることをするのが億劫
友達と話をしない
外出が嫌
引きこもりがち
このような人をまとめて生活不活病

いきつくところは痴呆症
それを防ぐための試みいろいろ
私もスイッチオン
テレビを切って
マフラーを巻いて
とりあへずスーパーへ行って
誰れかとお話でもしよう

目覚めの悪い夢

ダラダラの坂道　しばらく歩く
通ってきた集落　はるか下に
道がくだり　川の音が聞こえる
杉木立の中　ポツリポツリと民家
やがて広場　木造の建物
門は閉ざされ
花壇のなごりなのか花三輪ほど
前の川には木の橋轍のあと
この奥にも民家があるのか

いつの間にか私の住んでいる場所
人々はゆっくりゆっくり歩を進める
子供の姿はない
目が覚めた
日本中たくさんある限界集落
何らかの手を打たないと
存続できなくなる
そのような話に気が働いていたのか
くら～い悲しい夢だった
夢でも明るい希望に満ちあふれた方が良い

今は昔

二十年も前のこと
長い間無風状態だった市長選挙に
対候馬が出ることになった
応援の一員として加わることになった
広い会場に山の方から海の方から
沢山の人々が集まってきた
どこの誰だかわからないが
会場で時々顔を合わせた人がいた
幸い甲斐あって当選した

応援した人々は蜘蛛の子を散らすように
各地へ戻っていった
ある日その時の応援団の人と出合った
面影はあるが顔の相がすっかり変っている
先方もあのおばはん年をとったのうと
思っているだろう
互に合せ鏡で見ている
残り少なくなった人生　淋しさがつのる
言葉は交さなかったが
元気でいてねと心の中でエールを送った

亭主の好きな……

長いサラリーマン生活を終えて
心が解きはなたれたのか
この頃夫が観ているテレビが変わってきた
トム＆ジェリー
アルプスの少女ハイジ
その他いろいろ
とりわけ気楽なものが好き
再放送の時刻を覚えていて
必ずスイッチオン

飽きもしないで
おい……ハイジが始まったぞと声をかける
一人で観ていて
私いま忙がしいの

緑さわやか

春さきから不順な天候
いがいに早い桜の開花
花見のときは雨ばかり
ところどころ季節はずれの雪も降ったり
あわただしかった
そんな天気に翻弄されていた日々
いつの間にか社の森は緑こく
境内にある白永神社の横のスダ椎は
小さな葉はこんもりと

楠は若葉をいっせいに延ばし
古い葉を脱ぐ
この森の近くに暮らし
毎年この季節のこの色を
頭の中にしか残せない
キャンバスに描きたい

ひばり幻想

合唱団ホレスタが美しいメロディをうたう
おおひばり高くまた……とうたい出しだ
ああ！私はひばりを見たことがあるのか
見たことはないのか
としきりに思われてきた
北関東の麦の産地に育ち
子供のころから麦踏みの姿を見て育った
なのに今ごろになってひばりのことが
記憶にないとは情けない

絵本で見たひばりの親子が
しきりに麦刈の時を気にしていた会話
など覚えている
なのにほんとうにこの鳥のことは
知らない
誰れか教えて

また一つ星になった

夫も私もほぼ同世代
ここ二～三年楽しい知らせは
届かない
たまに届く知らせは
みんな縁どりのあるものばかり
今日も星になった人の
知らせが届いた
哀しく淋しいね
ありし日の姿が偲ばれる

地球の回りには
衛星が沢山とんでいるんだって
ぶつからないように
宇宙《ソラ》まで早くいってね
七夕まつりには
短冊を書くね
上から見つけてね

あとがき

体力の限界を感じて、今年自主学習グループ「若葉」を退会させていただきました。三十五年以上続いた本を読んだり文章を書いたりするグループでした。肩の荷がおりたものの、毎日、淋しい日々を送っております。「若葉」の皆様と過した日々は、楽しい思い出ばかりです。

澪標様から頂いた『天の川プロジェクト』の〝誰かのために祈りましょう〟天の川伝説の冊子に熊谷市星川が載っておりました。小さな川ですが、熊谷駅から私の通っておりました県立女子高校までの間にあり、毎日その橋の上を通っていました。水がきれいで鯉も泳いでいました。育った場所を離れて五十年になります。久しぶりに思い出しました。

後期高齢者となった皆様、私の思い出に共感して下さればうれしく存じます。

二〇一五年七月吉日

宮坂博子

宮坂博子（みやさか　ひろこ）

1939年　水戸市袴塚に生まれる
1940年　埼玉県深谷市に移る
1965年　大阪府岸和田市住民となる
1992年　自主学習グループ「若葉」へ入る
2002年　市立女性センタークラブ「ペリドット」
　　　　に参加
2013年　詩集『海棠桜のまるい蕾』（澪標）
　〃　　散文集『私の母物語』（澪標）

（現住所）岸和田市八幡町12-13

詩集　たそがれの微吟《ビギン》
二〇一五年八月一日　発行
著　者　宮坂博子
発行者　松村信人
発行所　澪　標《みおつくし》
大阪市中央区内平野二―三―十一―二〇三
電　話（〇六）六九四四―〇八六九
ファックス（〇六）六九四四―〇六〇〇
振替　〇〇九七〇―三―七二五〇六
印刷製本・株式会社ジオン